AF356675

MEUBLES ET SIÈGES ANCIENS

ET DE STYLE

OBJETS D'ART

Et de Curiosité

TAPIS ANCIENS D'ORIENT

VENTE

HOTEL DROUOT, SALLE N° 1

LE VENDREDI 14 NOVEMBRE 1913

À DEUX HEURES PRÉCISES

Mᵉ RENÉ LYON	M. H. LEROUX
COMMISSAIRE-PRISEUR	EXPERT
29, rue Le Peletier	52, rue du Faubourg-Montmartre

EXPOSITION PUBLIQUE

Le Jeudi 13 Novembre 1913, de 2 heures à 6 heures

CONDITIONS DE LA VENTE

Elle sera faite au comptant.

Les adjudicataires paieront *dix pour cent* en sus des enchères.

Paris. — Imp. de l'Art, Ch. Berger, 41, rue de la Victoire.

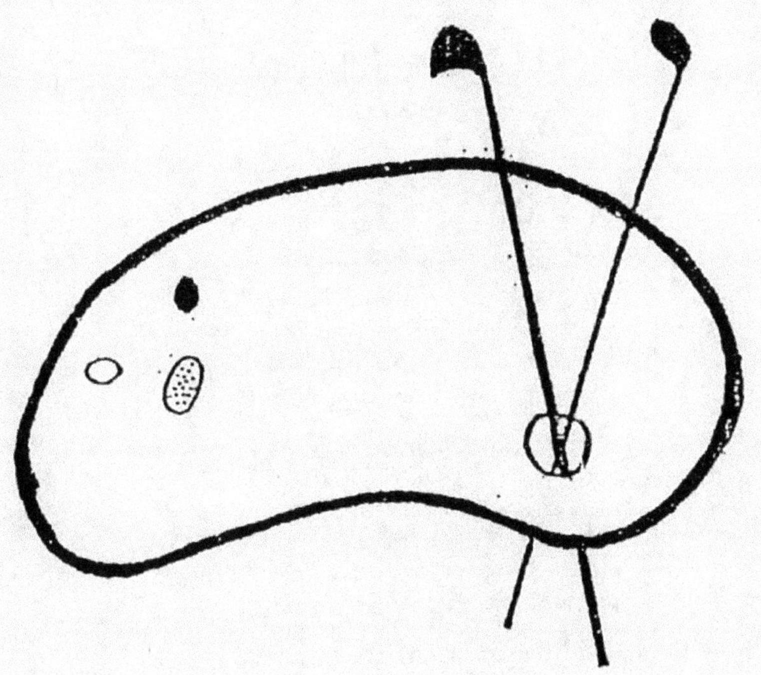

FIN D'UNE SERIE DE DOCUMENTS
EN COULEUR

DÉSIGNATION

MEUBLES

1 — Ameublement de salon, de style Louis XVI composé d'un canapé et de quatre fauteuils, dossiers à lyres, en bois sculpté et doré, recouverts en tapisserie d'Aubusson.

2 — Deux chaises, de même style, recouvertes en soie brochée.

3 — Canapé et deux fauteuils, de style Louis XIV, en noyer sculpté, recouverts en tapisserie à personnages au petit point.

4 — Quatre fauteuils Louis XVI, recouverts en tapisserie au point.

5 — Armoire Louis XIV en chêne sculpté et à moulures.

6 — Buffet flamand en chêne sculpté. Époque Louis XV.

7 — Armoire bretonne.

8 — Bureau plat en noyer sculpté.

9 — Console, de style Louis XVI, en acajou, à dessus de marbre et galerie de cuivre.

10 — Horloge dans sa gaine en noyer. Époque du Premier Empire.

11 — Buffet à deux corps en noyer à moulures. Époque Louis XV.

12 — Console, de style Louis XVI, en noyer sculpté.

13 — Coffre en noyer sculpté. xviie siècle.

14 — Vaissellier. Époque Louis XV.

15 — Petite vitrine en noyer sculpté, de style Louis XV.

16 — Grande console, de style Louis XIV, en bois sculpté et doré avec glace de même style.

17 — Table de salon, de style Louis XV, en bois sculpté et doré.

18 — Grande glace, de style Louis XV, en noyer sculpté rehaussé d'or.

19 — Cartonnier et fauteuil de bureau en acajou.

20 — Petit paravent en bois de Teck, orné d'incrustations de nacre, fleurs et oiseaux. Travail tonkinois.

21 — Petite psyché en bois de fer, ornée d'incrustations de nacre. Même travail.

22 — Gaine en bois noir, ornée d'incrustations d'ivoire.

23 — Grande chaise-longue, formant lit, garnie en velours havane.

24 — Deux glaces, cadres dorés.

25 — Bahut hollandais en chêne sculpté. xviie siècle.

26 — Coffre en chêne sculpté, du xvie siècle.

27 — Armoire en noyer sculpté et à moulures. Époque Louis XVI.

28 — Table-bureau en bois de violette, ornée de bronzes, de style Louis XV.

29 — Table, de style Louis XIII, à allonges.

30 — Dix chaises en chêne sculpté, de même style.

31 — Piano de *Flaxland*.

32 — Vitrine milanaise en bois noir, ornée d'incrustations d'ivoire.

33 — Meuble à musique en citronnier, fermant à rideau.

34 — Armoire anglaise en noyer d'Amérique.

35 — Buffet anglais en acajou et érable.

36 — Canapé Louis XVI, garni en velours de Gênes.

37 — Deux divans, recouverts en panne.

38 — Deux grands fauteuils, recouverts en panne.

39 — Porte-manteau en noyer sculpté.

40 — Table à ouvrage, de style Louis XV, en bois de rose.

41 — Table à ouvrage, de style Louis XVI, en bois de rose.

42 — Deux chaises, de style Louis XV, en bois noir, garnies en étoffe brochée.

43 — Meuble-chiffonnier en bois sculpté à pilastres.

44 — Table de nuit-chiffonnière en palissandre sculpté.

45 — Toilette psyché en acajou. Premier Empire.

46 — Table de salon en acajou, de style Louis XV.

47 — Statuette : Nègre en bois sculpté, formant support.

48 — Trumeau, de style Louis XV, sculpté et laqué.

49 — Deux bois de bergères en acajou. Époque du Premier Empire.

5o — Régulateur d'applique en noyer, de style Henri II.

OBJETS D'ART, CURIOSITÉS
TABLEAUX

51 — La Vierge de Lille. Buste en marbre de Carrare, d'après RAPHAEL.

52 — Buste de jeune fille en marbre de Carrare, d'après HOUDON.

53 — L'Amour malin. Buste en marbre de Carrare, d'après FALCONET.

54 — Fût de colonne en marbre vert.

55 — Régulateur, de style Louis XIV, en marqueterie de cuivre et d'écaille, orné de bronzes.

56 — Enfant à la grenouille. Groupe en bronze, par GARNIER.

57 — Mignon. Statuette en bronze, par AUG. MOREAU.

58 — Jardinière en bronze japonais, décor à lambrequins.

59 — Importante suspension en bronze. De la *Maison Lerolle.*

60 — Lampe, de style Louis XV, en bronze ciselé
et argenté ; à l'électricité.

61 — Deux statuettes : Saints, en bois sculpté et
doré, du XVIIᵉ siècle.

62 — Paire de grandes potiches en porcelaine de
la Chine, décor de fleurs et d'oiseaux.

63 — Chimère en porcelaine blanche de Chine.

64 — Deux éléphants, formant flambeaux, en
porcelaine de la Chine.

65 — Théière en ancienne porcelaine du Japon,
à décor polychrome.

66 — L'Orage. Groupe en bronze, par MATHU-
RIN MOREAU.

67 — Paire de girandoles, à trois lumières, en
bronze argenté et ciselé, de style Louis XV.

68 — Paire d'appliques Louis XV en bois sculpté
et doré.

69 — Samovar en cuivre.

70 — Jardinière en cuivre repoussé.

71 — Coupe en porcelaine de Vienne, fond bleu
et or, décor à figures.

72 — Petite soupière en faïence de Marseille.

73 — Vase en bronze, de style antique.

74 — Bougeoir en bronze, de style antique.

75 — Carafe et sucrier en verre émaillé.

76 — Coupe en porcelaine de Dresde, décor de fleurettes.

77 — Onze tasses en ancienne porcelaine de Chine fond blanc, à décor bleu.

78 — Quatre statuettes anciennes : Divinités japonaises.

79 — Paire de lampes en porcelaine de la Chine, à décor polychrome ; montées en bronze.

80 — Deux plats en cuivre gravé. Travail chinois.

81 — Gong japonais sur son support en laque rouge.

82 — Autre gong japonais.

83 — Deux jardinières : animaux, en porcelaine du Japon.

84 — Coffret en bois sculpté à chimères et or-
nements. Travail tonkinois.

85 — Théière cambodgienne, ornée d'argent.

86 — Langouste en bronze japonais.

87 — Panneau en bois sculpté : kiosque et personnages. Travail chinois.

88 — Paire de grandes potiches en porcelaine
de la Chine, décor à fleurs de pêcher en
blanc sur fond bleu.

89 — Paire de potiches en porcelaine de Chine,
décor de fleurs et arabesques en blanc sur
fond bleu.

90 — Encrier en bronze, forme lampe, de style
antique.

91 — Plat en ancienne porcelaine du Japon, à
décor bleu.

92 — Assiette en ancienne porcelaine du Japon
polychrome et or.

93 — Porte-bouquet en verre de Bohême gravé.

94 — Jardinière ajourée en faïence, décor Marseille.

95 — Deux bouts de table hollandais en bronze.

96 — Paire de vases sur socles en porcelaine de Chine, à décor bleu.

97 — Dorine. Buste en terre cuite, par HARZÉ.

98 — Algérienne. Buste en marbre de Carrare.

99 — Paire de bouteilles, forme gourdes, en porcelaine du Japon, décor à personnages.

100 — Paire de vases en porcelaine de la Chine, décor polychrome de fleurs et d'oiseaux.

101 — Jardinière et coupe à fruits en porcelaine de Nankin.

102 — Deux fontaines en faïence italienne, décor polychrome à sujets mythologiques.

103 — Lot de faïences espagnoles : plats, vases, assiettes. (Sera divisé.)

104 — Quatre vases en émail cloisonné en Japon, décor de fleurs.

105 — Service de table en porcelaine décorée.

106 — Lot d'armes orientales : pistolets, yatagans, poignards. (Sera divisé.)

107 — Déjeuner en porcelaine de Vienne, à fleurs polychromes.

108 — Deux potiches à thé en porcelaine de Chine, à fleurs de pêcher.

109 — Trois brûle-parfums en bronze japonais.

110 — Deux divinités en grès émaillé de la Chine.

111 — Jardinière en porcelaine de la Chine, fond jaune impérial, décor de fleurs.

112 — Deux sucriers en porcelaine de Saxe.

113 — Coffret en laque, orné d'incrustations de nacre.

114 — Théière et brûle-parfums en émail cloisonné.

115 — Violon, signé : *Joseph Klotz, 1795*.

116 — Autre violon.

117 — Pot au lait en porcelaine de Saxe, décor de fleurs.

118 — Deux petites glaces, cadres sculptés. Époque Louis XIV.

119 — Petit cadre sculpté. Époque Louis XIV.

120 — Petite glace, cadre doré. Louis XV.

121 — Vase en cuivre gravé. Travail indien.

122 — Statuette en bronze : l'Apôtre saint Pierre.

123 — Statuette de saint en chêne sculpté. xvie siècle.

124 — Deux statuettes : Saints en bois sculpté et peint. xviie siècle.

125 — Fontaine en cuivre. Époque Louis XV.

126 — Deux brocs en cuivre repoussé.

127 — Pendule en bronze ciselé et doré. Premier Empire.

128 — Timbre en métal argenté.

129 — Soulier porte-bouquet en porcelaine d'Allemagne.

130 — Paire de vases en porcelaine de Saint-Amand, décorés, sur fond bleu de Sèvres, de médaillons de personnages et de fleurs ; montés en bronze.

131 — Chou en porcelaine de Saxe.

132 — Tête-à-tête en porcelaine de Dresde, fond rose, décor à personnages.

133 — La Déclaration. Groupe en porcelaine de Dresde.

134 — Le Menuet. Groupe en porcelaine de Dresde.

135 — Deux statuettes : Danseurs. Groupe en porcelaine de Dresde.

136 — Deux bustes : Électeurs de Saxe, d'après Van Dyck.

137 — Deux bustes en porcelaine décorée, à personnages.

138 — Surtout en porcelaine de Dresde.

139 — Boîte à poudre et bonbonnière en métal argenté et gravé. Travail chinois.

140 — Paire de petites potiches en émail cloisonné du Japon. Aventuriné.

141 — Deux statuettes : Chasseurs, en porcelaine de Saxe.

142 — Lampe moderne-style en bronze; à l'électricité.

143 — Deux plats en porcelaine du Japon, à décor polychrome.

144 — Deux assiettes en porcelaine de Chine, décor d'insectes.

145 — Paire de petites potiches en porcelaine de Chine, à décor de fleurs.

146 — Paire de grands vases en émail cloisonné du Japon.

147 — Trois groupes en ivoire : Industries japonaises.

148 — Deux statuettes en ivoire : Jardiniers japonais.

149 — Quatre groupes en ivoire japonais.

150 — Douze netzukés.

151 — Poignard en ivoire sculpté. Travail japonais.

152 — Jardinière en biscuit.

153 — Vase en porcelaine de Capo di Monte.

154 — Paire de vases en porcelaine de Chine, décor de fleurs et d'oiseaux.

TABLEAUX, AQUARELLES
GRAVURES

155 — Charpin (A.). Vaches à l'abreuvoir.

156 — Corot (D'après) Paysage. Eau-forte.

157 — École flamande. Buveurs.

158 — École hollandaise. La Pêche à la Foëne.

159 — Maruyama. Paysages japonais. Quatre aquarelles.

160 — Realier Dumas (D'après). Napoléon Ier. Fac-similé.

161 — Lot de gravures et dessins. (Sera divisé.)

TAPIS D'ORIENT
FILETS, BRODERIES

162 — Grand tapis persan ancien, fond bleu, à dessins polychromes, mesurant environ 4 m. 50 cent. sur 2 m. 50 cent.

163 — Grand tapis-chemin ancien Yarkand, à palmettes et dessins polychromes.

164 — Tapis de Smyrne, à grands ramages en rouge et bleu.

165 — Tapis ancien persan, mesurant environ 3 m. 50 cent. sur 2 m. 50 cent.

166 — Deux tapis de mosquée.

167 — Tapis ancien Chiraz.

168 — Neuf rideaux et portières, et deux bandeaux en étoffe brochée et lamée : Japonaises.

169 — Quatre rideaux et bandeaux en peluche olive.

170 — Huit grands rideaux de fenêtres en guipure.

171 — Six rideaux en étamine et guipure.

172 — Quatre rideaux de vitrage en guipure.

173 — Deux rideaux de vitrage en guipure.

174 — Couvre-lit en satin blanc, brodé de fleurs et d'oiseaux. Travail japonais.

175 — Deux coussins en satin bleu brodé. Même travail.

176 — Portière de mosquée en satin brodé. Travail turc.

177 — Grand couvre-lit en filet et broderie.

178 — Lot de bandeaux en filet, brodés et à chimères.

179 — Chape Louis XIV en brocart.

180 — Sous ce numéro seront vendus les objets omis au Catalogue.

RED. :

16

graphicom

MIRE ISO N° 1
NF Z 43-007
AFNOR
Cedex 7 - 92080 PARIS-LA-DÉFENSE

0 1 2 3 4 5 6 7 8 9 10